Y Pwll

Mae'r llyfr hwn yn eiddo i

_____

_____

_____

I fy ffrind annwyl, Valerie.
Cathy Fisher

I Eva John gyda chariad.
Nicola Davies

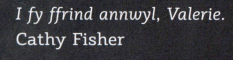

Y Pwll
Argraffiad Cymraeg 2020.
Cyhoeddwyd gyntaf mewn clawr caled gan Graffeg
dan y teitl The Pond yn 2017.

Cyhoeddwyd yr argraffiad clawr meddal gan Graffeg
yn 2017. Awdur Nicola Davies, darlunydd Cathy Fisher,
dylunio a chynhyrchu Graffeg Cyf., hawlfraint
© 2017. Addasiad Cymraeg Mary Jones.

Mae Nicola Davies a Cathy Fisher yn cael eu cydnabod
fel awdur ac arlunydd y gwaith hwn yn unol ag adran
77 o Ddeddf Hawlfraint, Dyluniadau a Phatentau 1988.

Mae cofnod Catalog CIP ar gyfer y llyfr hwn ar gael
o'r Llyfrgell Brydeinig.

ISBN 9781912050086

1 2 3 4 5 6 7 8 9

Y Pwll

Nicola Davies

Lluniau Cathy Fisher

GRAFFEG

Roedd Dad yn siarad llawer am y pwll.
"Fe fydd penbyliaid," meddai, "a sawl gwas y neidr."
Dwedodd Mam wrtho fod ein gardd ni'n rhy fach, a
dwedodd fy mrawd fod pyllau'n bethau budr sy'n drewi.

Doedd Dad dim yn cymryd sylw o
gwbwl. Dim ond gwenu a sibrwd,
"Aros di nes gweli di'r lili ddŵr!"
"A fydd yna hwyaid?" gofynnais.
"O, bydd!" meddai Dad.
"Wrth gwrs, bydd yna hwyaid!"

Chafodd Dad ddim un penbwl na gwas y neidr.
Fe fuodd e farw gan adael twll anniben yn llawn
mwd yng nghanol ein gardd ni.

Chwythodd dail wedi crino i mewn i'r twll, a
chaniau tun, a phob math o sbwriel. Tyfodd chwyn
hyll yn uchel.

Roedden ni i gyd yn syllu allan arno: y twll
anniben o laid oedd yn llenwi'n calonnau ni.

Ac yna, yn gynnar iawn, iawn un bore clywais sŵn 'cwac'.

Roedd hwyaden wedi glanio yng ngwaelod y twll, gan 'cwac, cwac' drwy'r amser.

Gwisgais fy nghôt dros fy mhyjamas a mynd allan.
Roedd yr hwyaden yn dal i wneud sŵn 'cwac, cwac.'

Felly, mi es i nôl y bibell ddŵr o'r sied a'i gwthio drwy'r ffenestr at y tap dŵr yn y gegin.

Tasgodd y dŵr o gwmpas yr hwyaden a gwneud pwll oedd yn mynd yn fwy ac yn fwy ac yn fwy...

Dechreuodd yr hwyaden nofio, ac am eiliad roeddwn i'n gallu clywed llais Dad yn dweud wrthyf am y penbyliaid.

Ond torrodd ymyl y pwll,
hedfanodd yr hwyaden i ffwrdd a
llifodd y dŵr i gyd i mewn i'r tŷ.

Doeddwn i ddim erioed wedi
gweld Mam wedi gwylltio
cymaint. Gwaeddodd fy mod i
wedi gwneud y llanast yn llawer
gwaeth. Deffrodd fy mrawd, ac
roedd e'n gweiddi hefyd.

Dwedodd Mam y byddai'n trefnu i lenwi'r twll fel na fyddai neb yn gwybod bod rhywun wedi ceisio creu pwll.

Rhedais i fyny'r grisiau i'm
stafell wely a sgrechian nerth fy
mhen wrth Dad am iddo farw.

Wedi hynny roedd y diwrnodau'n llusgo heibio. Mam yn mynd i'r gwaith a ninnau'n mynd i'r ysgol. Bwyta cinio, cysgu, codi eto. Rhewodd y llaid o gwmpas y pwll yn galed fel haearn. Lladdwyd y chwyn gan y rhew. Roedd popeth yn dywyll ac yn oer.

Yna, un prynhawn pan
ddaethom adre, roedd ymyl
dwt newydd o gwmpas y pwll a
phlastig ar y gwaelod. Dwedodd
Mam y gallem ei lenwi. Doedd fy
mrawd ddim eisiau gwneud hynny,
felly troais y tap ymlaen a dal y
bibell ddŵr. Caeais fy llygaid a cheisio
clywed llais Dad yn dweud wrthyf am
y lili ddŵr, ond y cyfan glywais i oedd y
traffig yn cadw sŵn ar y ffordd.

Dim ond twll a dŵr ynddo oedd y pwll.

Fy mrawd oedd y cyntaf i weld y newid. Roedd e'n gwthio hen dun o gwmpas â ffon. "Edrych!" meddai e. "Mae rhywbeth yn symud!" Fedrwn i ddim gweld yn y dŵr, felly, es i nôl fy sbectol nofio. Roedd fy mrawd yn chwerthin am fy mhen. "Dwyt ti ddim yn gall," meddai e. Ond wedyn fe aeth i nôl ei sbectol nofio ei hun, ac roedden ni'n dau yn gallu gweld dan y dŵr.

Roedd y peth yn rhyfeddol.
Dan y sbwriel ar yr wyneb, y tu ôl i
flanced o slwtsh gwyrdd, roedd
ein pwll wedi dod yn fyw.

Roedd chwilod yn deifio a chlychau o aer lliw arian wedi'u dal ar eu coesau. Malwod bach, bach yn cydio mewn brigau main, gwyrdd. Ac roedd yno benbyliaid, yn union fel roedd Dad wedi dweud.

Pan ddaeth Mam adre o'r gwaith, roedden ni'n dau wrth y pwll. Aeth hi i nôl snorcyl Dad o'r sied a dechrau edrych hefyd. "Rwy'n credu mod i wedi gweld madfall!" meddai.

PWLL

LLYTHYR AT DAD.
RYDW I'N GWELD DY EISIAU, DAD.
RYDW I WEDI BOD YN TEIMLO'N DRIST.
NID TWLL DU YW DY BWLL DI NAWR. MAE'R ANNIBENDOD AR LLAID YN DWT NAWR. MAE BYWYD NEWYDD YN Y PWLL.
GOBEITHIO DY FOD YN GALLU EI WELD I FYNY YN YR AWYR GYDA'R SÊR, SYN DISGLEIRIO FEL RWYT TI.

Allwedd i Blannu yn y Pwll
1. Cardamine Pratensis
2. Hippuris Vulgans
3. Iris Pseudecorus Brodorol
4. Lili
5. Anhysbys
6. Anhysbys
7. Hippuris Vulgans
8. Anhysbys
9. Chwyn Pwll dŵr
10. Chwyn Pwll dŵr

* Rhaid gwneud yn siŵr nad yw planhigion dan ddŵr, fel y lili, wedi eu bwrw allan o'u potiau.
• Prynu rhwyd yn yr hydref i'w gosod dros y Pwll i atal dail rhag syrthio i mewn.

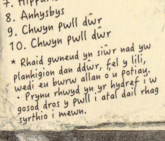

TEISEN MAM
EIN GWAS Y NEIDR

EIN PWLL

CYNLLUN

CYFRES
LLYFRAU'R LLYGAD
BYWYD PWLL

BYWYD PWLL

Ar ôl hynny byddem o hyd yn edrych yn y pwll.

Gwnaeth Mam deisen i nodi'r tro cyntaf welson ni was y neidr. Ac ar fy mhen-blwydd prynodd fy mrawd blanhigyn lili ddŵr i fi.

Rhestr o bethau rydyn ni wedi'u gweld cyn belled yn y pwll:
1. wyau a grawn
2. penbyliaid
3. brogaod bach, bach
4. broga mawr
5. llysnafedd
6. chwyn
7. malwod
8. chwilod
9. gwas y neidr
10. mosgitos
11. rhianedd y dŵr
12. oychwyr
13. corynnod
14. mursennod
15. madfallod (ac wyau a rhai bach
16. pethau bach nad oeddem yn eu hadnabod
17. llawer o ddail a llawer o sbwriel
18. clêr yn gwibio (pryfed pric) tros y ddalen

PEN-BLWYDD HAPUS

LILI 1af

Weithiau byddwn yn eistedd wrth
y pwll yn dweud popeth amdano
wrth Dad.

Pob penbwl, pob gwas y neidr, y malwod
a'r chwilod a rhianedd y dŵr.

Gorfod i fi ddweud wrtho nad oedd y pwll
yn ddigon o faint i hwyaid fyw arno.

Ond roedd e'n iawn am y lili ddŵr.
Fe ledodd ei dail fel cerrig camu, ac yna
daeth pedwar blaguryn mawr trwchus...
ac ar y diwrnod roedden ni'n symud o'r tŷ,
agorodd y blodau o'r diwedd.

"Aros di nes gweli di'r lili ddŵr."

Roedd hi'n bryd ymadael, i ddweud ffarwél. I mewn â ni i'r car, ac am amser hir ddwedodd neb ddim gair.

Yna meddai Mam, "Y peth cyntaf wnawn ni yn ein tŷ newydd fydd creu pwll."

Nicola Davies

Mae'r awdur Nicola Davies wedi ennill nifer o wobrau, ac ymhlith ei llyfrau i blant mae *The Promise* (Gwobr Llyfrau Green Earth 2015, Rhestr Fer Greenaway 2015), *Tiny* (Gwobr AAAS Subaru 2015), *A First Book of Nature*, *Whale Boy* (Rhestr Fer Gwobr Blue Peter 2014) a chyfres Heroes of the Wild (Gwobr Llyfrau Portsmouth 2014). Graddiodd mewn swoleg, gan astudio morfilod ac ystlumod, ac yna bu'n gweithio yn Uned Hanes Natur y BBC. Sylfaen holl weithiau Nicola yw ei chred fod perthynas â natur yn hanfodol i bawb, a bod angen inni adnewyddu'r berthynas honno yn awr yn fwy nag erioed.

Ymhlith llyfrau Nicola i Graffeg mae *Perfect/Perffaith*, *The Pond/Y Pwll*, *The Word Bird*, *Animal Surpises*, *Into the Blue*, *The Secret of the Egg* a'r gyfres Shadows and Light: *The White Hare*, *Mother Cary's Butter Knife*, *the Selkie's Mate*, *Elias Martin*, *Bee Boy and the Moonflowers* ac *The Eel Question*.

Cathy Fisher

Roedd gan Cathy Fisher wyth o frodyr a chwiorydd, a byddai'r plant i gyd yn chwarae yn y caeau'n edrych allan dros ddinas Caerfaddon. Mae wedi bod yn athrawes ac arlunydd drwy ei hoes, yn byw ac yn gweithio ar Ynysoedd y Seychelle ac Awstralia am flynyddoedd maith. Pan oedd yn blentyn byddai'n tynnu lluniau ar waliau ei stafell wely, a byth ers hynny mae wedi teimlo bod rhaid iddi beintio a thynnu lluniau o storïau a theimladau am ei bod yn credu bod angen iddynt gael eu clywed a'u mynegi. *Perfect/Perffaith* oedd llyfr cyntaf Cathy i gael ei gyhoeddi, ac yna *The Pond/Y Pwll*.

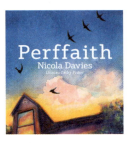

Perffaith
Awdur Nicola Davies
Darluniau Cathy Fisher
ISBN 9781912050093
Cyhoeddwyd gan Graffeg

Adnoddau

Gallwch lawrlwytho ac argraffu adnoddau defnyddiol i ddysgu *Perffaith* a theitlau eraill Graffeg mewn ysgolion:
www.graffeg.com/teacher-resources/